이현정 시집
겨우살이 사랑

이 도서의 국립중앙도서관 출판예정도서목록(CIP)은 서지정보유통지원시스템
홈페이지(http://seoji.nl.go.kr)와 국가자료종합목록 구축시스템(http://kolis-
net.nl.go.kr)에서 이용하실 수 있습니다.
(CIP제어번호 : CIP2019052652)

이현정 시집

겨우살이 사랑

Mistletoe Love

한누리미디어

여러분, 안녕하세요.

지금 분단 현실도, 국내 정치현실도 복잡 미묘한 연말을 앞두고 한가하게 열두 번째 시집을 엮자니 염치없는 일만 같아 망설여졌습니다. 하지만 팔순고개 중반에 접어든 나이가 가르쳐요. 이것저것 따질 정도로 여유를 부릴 때가 아니라고.

연말이 가까우니 절로 고개가 끄덕여졌습니다.
살아가는 재미보다 살아온 의미에 무게를 두고 빚어진 작품들이 버려지는 일만은 없어야 한다고 생명존중의식에 버금가는 출판 결정을 내린 것입니다.

살아 있는 한 계속될 것 같은 글쓰기가 나의 노래처럼 절대음감을 흐리는 현상이 없으리란 법 없지만 순발력에 있어서나 집중력에 있어 그 어느 때 못지않은 시적 충동은 내면세계의 애환을 고스란히 담아내기에 부족함이 없는 징후를 보이니까요.

자칫하면 냉담으로 비치기 쉬운 늙은이의 외톨이 행보 또한 글쓰기 촉진제 역할입니다.
　이동수단이 없고 지리에 어두운 약점 때문에 만나고 싶어도 손을 뻗는 순간 '나를 데리러 오라, 데려다 주라'는 뜻이 암암리에 도사리고 있는 것만 같은 현실 말입니다.

　글쓰기 작업이 버팀목으로 자리 잡는 와중에 말은 어눌하고 몸은 퇴화일로라 해도, 내면세계 갈무리에 소홀함이 없는 삶을 이어가려 합니다.

　모쪼록 지켜봐 주시고 격려해 주십시오.
　두루 건강하고 행복하시기 빌며 두서없는 머리말 인사드립니다.

2019년 12월

강화에서

차례

Contents

차례

Part 5 복지관 복음

Part 6 아침을 연다

Contents

차례

Contents

Part I

사람의 향기

텃밭지킴이

늦가을 햇볕이 해변 풍경이다.
시적 발상이 풍선을 불어
연인의 손에 이끌리는 젊음에 든다.

그게 언제쯤인지
구분 짓기 이전이 그러했듯
잡념에 사는 텃밭이 곧 막바지 마음 밭이다.

그래도 끝은 보이지 않는다.
그래서 듬직한 하루다.
그래, 그래, 그래라, 는 노란 신호 앞에서.

시월이 가네

피아노 건반 속에 살아 있는 음색 같은
시월이 가네.

장중한 합창곡처럼 쏟아지던 한 때의 햇볕도
익어가는 한 해의 수고를 위로하던 그늘도

조명 속 기억과 함께 그대로인데
밤을 맞은 그림자처럼 사라져가네.

안식에 눈뜬 적 없어도
아침은 오고

허례허식에 흔들린 적 없어도
하루는 가고

어정쩡한 구원의 세월을 어찌하라고
편 가르기에 치중한 시국처럼 시월이 가네.

도리도리 짝짜꿍

태극기도 인공기도 도리질인 틈에
한반도기가 태어나

천진스레 떠오른 모습이
까꿍! 하면 웃어주는 아기처럼 해맑다

받들면 하늘이 내려앉고
흔들면 젊음이 소리 질러

짝짜꿍이 한창인 그 어디에서나
통일이 양반걸음을 걷는다.

세상 염치 알랴, 주변국 눈치 보랴,
인내심이 거덜난 동포들이

모임 속에 도사린 지름길을 달린다.
눈물 어린 사연이 서린 채로―

죽기 전에 어우러져 살아보자고.
통일에 맛들인 도리도리 짝짜꿍.

겨우살이 사랑

건망증이 들락거리는 집에
불면증이 찾아들었다.

이 몸이 마음의 집인 걸 모르고
서로를 겉돌던 시절을 거쳐ㅡ

뜻밖의 만남에서 뜻을 읽고
헤매는 틈틈이 길을 익혔음이다.

서로의 손잡이로 굳혀지는 중세는
중증을 향해 몸을 불린다.

밤의 안식을 좀먹던 그것이
차마 떨치지 못한 성심이었으랴.

건망증이 품은 바 없는 나이테에
보기 드문 겨우살이 사랑이었으리.

빛에 사로잡힌 감동

새벽 놀처럼 황홀할까.

빛에 사로잡힌 감동으로
축복의 의미가 삶을 일깨워
온갖 것이 화합이란 한 가지 숨을 쉰다.

외로움조차 아름다운 이유를 알기까지
어디를 어떻게 흘러
여기에 이르렀는지

하루를 밝히는 빛보다 더 확실한 희망은 없다.

행복의 현실성

돈독한 행복은 나의 것이기 전에
내가 양보한 것을 상대에게서 발견하는 것이다.

치열하게 사는 사람에게 풀지 못할 숙제가 없듯이
당하는 입장이 되어 보면 이해 못할 일이 없어진다.

열정으로 녹이는 방법도 있고
순리대로 풀어가는 매듭일 수도 있지만

원상회복에는 상대가 우선이다
상대가 풀려야 내가 편하다.

행복하단 느낌에 끝나지 않고
원만하게 함께하는 현실성이 해법이다.

통일의 첫걸음

파랑으로 물든 한반도가
국기로 태어나면서
통일의 첫걸음이 시작되었다.

한반도기를 앞세우고
국제경기를 거듭할수록
하나로 뭉친 힘이 세계화로 통한다.

작은 손놀림에도 민족애가 풍기는 깃발 흔들어
한 번도 경험하지 못한 미래를 열자,
자자손손 꽃피울 역사적인 터전 위에.

고향의 노래

— 강화 노인복지관에서

계절에 걸맞는 홍보물 효과에 빠져
가던 길 멈추어선 적은 있어도
이수인 작곡인 '고향의 노래' 에 끌려
절절이 가슴을 저미는 이변은 어인 일일까.

한 해가 기울어가는 가을 탓이다.
종착역이 가까워지는 나이 탓이다.
아니, 아니 때 지난 배움의 은혜 덕이다.
모처럼의 행운이 노래하는 행복을 만나서이다.

사람의 향기

새로운 시작을 알리는 생활이
어색한 둥지를 마련했다.

남이 어쩌지 못하는 나만의 다짐이
입주 시기를 저울질하는 사이

마음을 삼가 말을 삼킨 사람들이
향기를 풍긴다.

무르익은 녘에 제 빛깔을 찾는
술이 숨을 쉬듯이

Mistletoe Love

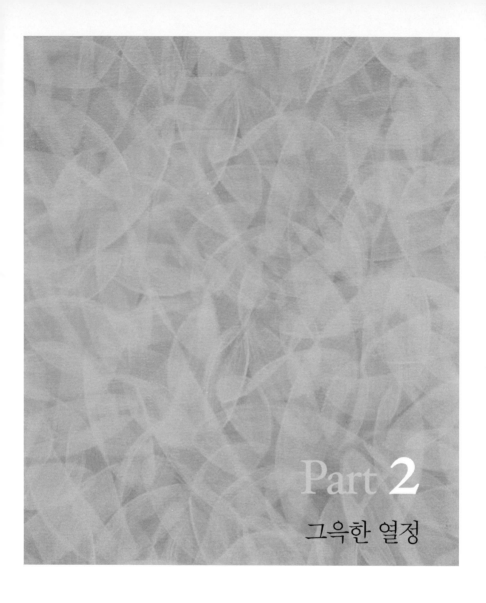

Part 2
그윽한 열정

흐뭇한 여백

함박웃음 속에 사랑이
교단을 향해 있는 합창단 일원이 되어

노년의 만남이 마냥 즐거운 것은
병색이 짙은 음색도 젊음에 취해서이다.

티끌 없는 그리움에 사로잡힌 여백은
어디에 있으나 어디로 가나

한결같이 흐뭇한 호흡으로 채워져
기다림도 기꺼이 시름을 몰아낸다.

미처 모르고 살아온 사람의 진정이
해맑다 못해

해도 달도 품어 있는 하늘에 닿아 있다.
남은 삶의 여백이 이리 고울 줄이야,

한반도 통일기

한반도 통일기는
원래 하나이던 민족이 둘로 갈라진 이래

목숨 걸고 찾아 헤매는 간절함을
마지막으로 담아내는 깃발 이름이다.

겨레를 원수로 몰아세우는
역사적 거짓말이

무성한 잎에 가려
참말처럼 숨을 쉬는 세월을 살았었지

우상으로 둔갑한 동상이나
오만으로 무장한 위선이 다

고양이 쥐 생각하듯 은밀한
겉핥기 통치수단임에랴

힘자랑이 예사로 혀끝에 실리는
국제분쟁 불씨를 향해

하늘과 바다가 한 마음 한 빛인
한반도기가 떴다.

깃발의 태생을 곱씹는 교훈 속에
간단명료한 정답이 있다.

우연한 달맞이

머리맡에 하늘을 펼쳐두고
우주로 통하는 마음 열어두고.

자다 깨니 때마침 둥근달이 떠서
적당히 흐린 그 모습이 몽환적이다.

날짜가 바뀌는 이 시각에
나처럼 달을 맞은 이 몇이나 될까 하니

선택된 순간을 사는 나 또한
나만이 아는 달덩이다

준비도 없이 기둥 뒤로 달이 숨었다.
생각 밖으로 내가 버려진다.

혼자 있어도 울지 말자.
아프지 않으면 슬프지 않다.

달은 달대로 나는 나대로
사는 길이 다르고 가는 길이 다른데

인연의 씨앗이 움트는 시각에 다시 만나
잊은 듯 다시금 새로워지는 날 있으리니ㅡ.

통일 길잡이

등판에 그려진 한반도기는
시대정신을 반기고

가슴에 새겨진 한반도기는
통일맞이 정신을 앞당긴다.

정겹거나 아쉽거나 아님 그립거나
남과 북을 사로잡는 나랏일에

얼기설기 얽힌 한반도기는
울분마저 웃겨주는 통일 길잡이다.

태평양을 넘나들며
엎치락뒤치락

'비핵화'와 '상응조치'가 천하장사 입씨름을 하건마는
남들은 덤덤하게 평화의 분수령 운운한다.

언제 어떻게 될 처지인지 몰라
시달리며 굳어지는 우리의 존엄성이

동포애를 돈독히 하는 근본이 되리라.
나라사랑을 실천하는 힘의 원천으로,

그윽한 열정

자유와 평화는 무한대를 그리지만
사람의 왕래가 궁한 나머지
고독은 곧잘 현기증을 일으켰다.

― 짐승이 아니고서야 외롭지 않을 수 있나 ―
말은 하지만, 마음은 연신 도리질을 해
강화 노인복지관 합창단에 스며들었다.

재기 발랄한 선생님은
기본기를 주입시키거나
음악 실습이 힘든 틈을 골라

가축들의 소리 전반에
사람의 감성을 깃들이게 하면서
적막한 이들을 웃음 짓게 한다.

안 될 것도 되게 하는 열정과
수시로 튀는 그의 재담은
시공을 초월한 인간애로 이어져

비가 오나 바람이 부나
먼 길 마다하지 않는
에너지원으로 자리 잡았다.

구차한 노인들의 기쁨을 위해
예사로 망가지는 소리의 달인이시여,
여럿의 호응이 이토록 그윽함을 행여 아시는가.

통일은 작품이다

통일은 작품이다.
장엄하나 미묘하고 수려한 작품이다.

작품에 들고 싶은 의지가 있고 없고
외부요인은 오리무중인 중에

국제관계 담금질은 이어진다.
완성은 형체 없는 은총이란 듯

언제나 통일조국의 반듯한 국민이 되어지려나,
얼마나 참아야 봉합된 상처의 깊이를 잊을까.

사악할수록 위용이 두드러진 정치임에랴,
객토를 모르는 풍토가 본토를 좀먹는 일임에랴

사람중심 사회에서 사는 재미 지키고
삶의 질을 가려보는 안목을 누리자니

통일은 업적이다.
자손만대 흥하게 마련인 업적이다.

행복일색이라니!

저마다 간직한 내면세계가
저 나름의 색깔을 지니면서
절로 무르익은 사람의 향기가
은연중에 주변으로 번진다.

각자의 미묘한 삶의 방식은
자기를 지키는 도리로 충분한 듯
어언 그렇게들 퇴행성 요인에 사로잡힌 시기,
끼리끼리 모이는 새로운 경지가 열린다.

노인 복지시설의 의미가 그것이다.
부푸는 기대치는 능청스럽기도 하지,
속아서 누리는 영원 같은
행복일색이라니!

아파트살이

이곳으로 이사 온 지 2년째에 접어들었다.
아직도 이웃을 사귀지 못해 안타깝다.

다들 젊어 출근하고 외출하는데
나는 은둔형이라서.

그러나 사흘돌이 덜거덕 쿵쾅 삐걱 소리에 잠을 깬다.
윗집이 그런다.

그 소리가 자정을 넘길 때는
도대체 얼마나 고생을 하는 거야

나도 모르게 가슴 쓰린 말이
잠결을 스친다.

이렇게 되기까지 치가 떨릴 때도 있었다.
인간 이하라면서.

싫으면 내가 떠나는 게 상식인데
독거노인 입장이란 앉으면 낙원이요 서면 신선이다.

같이 사는 거다 하고 마음을 다진 뒤로
맷돌소리가 과격한 초기증상을 버리고

가사노동시간이 조절을 하고 소음 또한 줄어든다.
그 집의 생존권이 달려 있음에도.

말을 했더라면 덧났을 것을
끝내 침묵하는 참을성 하나로 은은한 감동을 맛본다.

허기달래기

차 마시고 물 마시고
술 마시고도 물을 마셨다.

시간과 공간을 실습장 삼아
떠도는 홀씨도 헛되지 않은 땅에,

심지가 타들어가는 초조로부터
엉뚱한 내가 힘을 얻는다.

공허에 뿌리를 둔 허기는
맞서지 않는 달래기 상대라고,

사람을 빼면
광활한 천지가 온통 내 것이다.

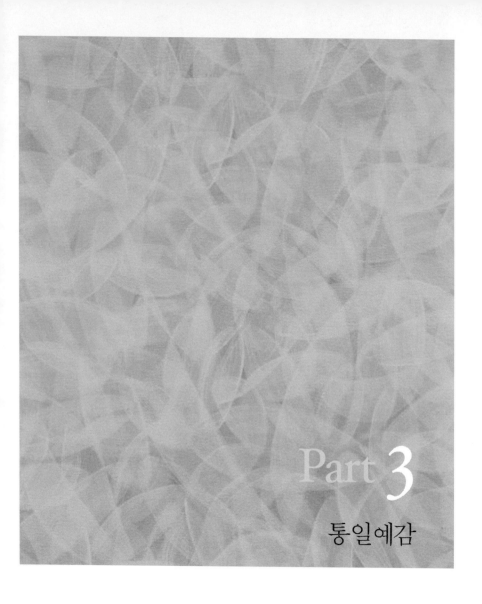

Part 3

통일예감

한반도기 사랑

분단의 상처를 말끔히 씻은
한반도기야말로 가장 가까운 통일의 신호다.

하늘에 닿은 민심이 가슴에 내린 천심이듯
그리움도 짙푸른 하늘빛 한반도기 반가워라

길 잃은 역사를 바로잡는 의지가
절실한 이 마당에 우리 서로 헤어져

삶과 죽음이 서로를 향해 빚는 한의 소리 대신
통일을 향한 함성을 머금어 마땅하리다.

한반도기 사랑의 마음을 합쳐
남북이 하나 되는 세상 주인이고자.

생명의 환희

죽음에 저항하듯
바닥을 치고 올라오는 생각이
고정 관념을 갈아치운다.

말기암 환자의 혈뇨가 뜻하는 바를
모를 리 없어도
만찬에 버금가는 순간에 산다.

서로 눈이 마주치면
살아 있는 경이가 그대로 걸작인
시선에 머물면서…

남은 날 숫자에 연연하지 않고
산야를 휘감은 눈꽃의 한때,
생명의 환희에 수식어는 없다.

원시遠視의 경지

원시안에 잡히는 흐름에서는
흠결이 보이지 않는다.

반갑고 고맙고 흐뭇한 느낌이
이해理解를 초월해 있어

움직임이 모름지기 낙원행이다.
정치, 경제, 사회 현상이 괄호에 묶인 현상이려니

늙어서야 누리는 은은한 행복이
영원한 안식에 들기 이전 준비 기간임을 짐작케 한다.

무엇을 더 그리워하고
무엇에 섣부른 미련을 두랴.

참다운 나와의 만남이 최상의 경지에 이르도록
보이는 대로 사랑하고 잡히는 대로 지켜야지.

통일예감 1

함박눈이 허공을 채우고 있다.
눈꽃이 언어가 되어 하늘과 땅이 서로의 안부를 묻는다.

끼어들기 없이 하나 되는 설렘이
오늘을 사는 통일예감이다.

눈꽃의 환희 속에
너와 내가 녹아들어

온전한 역사의 그날이 오려나.
함박눈이 세상을 새롭게 하고 있다.

눈꽃이 노랫말 되어
하늘이 품은 이 땅의 삶이 이리 화사하다.

통일예감 2

막연한 통일예감에 시달린 끝에
한숨으로 생을 마친 어버이세대도 끝나갈 무렵
북미회담으로 제3세계 정보사회가 숨 가쁘다.

남북 정전협정이 화두인데
우리 정부는 움쩍 않고 무얼 하냐니까
그래도 우리는 역사의 변방이 아니란다.

웃기는 세습왕조 김가네나
장사꾼 호칭이 직함보다 어울리는 인사나
베트남 선언에 코가 꿴 우리의 통일예감이

똑같이 외롭고 괴롭고도 욕된 바엔
속아 사는 삶이 우선이라 믿어버리자
믿음으로 불린 몸이 행여 통일주체 될라.

통일예감 3

보고 싶다 말고, 울고 싶다.
흩어진 혈연을 합칠 날이,

무슨 수를 쓰든 상관없는 권력이
서로를 알아보는 정치판에

동서로 놀아나는 인물들이
남북으로 엇갈린 입덧을 한다.

그들의 장사 속 흥정물이 되어
각설이 한마당을 지켜보는 우리,

속물근성이 얼마나 가겠냐며
시들어가는 기다림의 통일예감.

가을장마

흔히들 가을장마에 우울증이 도진다 했다.
비 오고 바람 불어 걱정을 키우다 말고
알맞은 채비를 한 뒤 골목길을 나섰다.

싸늘하게 스치는 공기는 반가움을 곁들여 있고
우산을 두드리는 비 소리는
내 가슴을 공명통이게 한다.

게으름을 떨친 발걸음에
발맞추어가며
도대체 이 한세상 어디쯤을 가고 있기에

집안에 갇힌 한해살이 마음은 가을을 앓고
여름 여우비 같은 하루는
오늘이 그리운 걸까.

사랑의 깃발 이야기

한반도기를 만나기 전에 우리 사랑은
쌍방저울질이 고작이었는데

미운 정 고운 정 한 아름에 품은
한반도기 뜻에 힘입어
남북이 참사랑에 빠져들었네.

이질적인 행보에 고질적인 횡포로
울컥하기 일쑤인 우리 동포여

설혹 혹한이 몰아친다 해도
한결같은 봄은 오리니
한반도기가 다스린 사랑의 오늘이 있음에.

아는 것이 힘이다

아쉬워서 찾아들고 서러워서 물러나고
그러면서 익숙해진 연륜을 헤아린다.

흥이 빠진 행복 같은 사람의 나이는
꿈을 꾸어봄 직한 기억의 풍경 같아서

사라져 간 사람 따라
잊혀져 간 아픔처럼

이제야 안다.
외로움조차 설레는 사실을,

아는 것이 힘이 되어서 이렇다
서로에게 녹아드는 흐름이 복되다.

Mistletoe Love

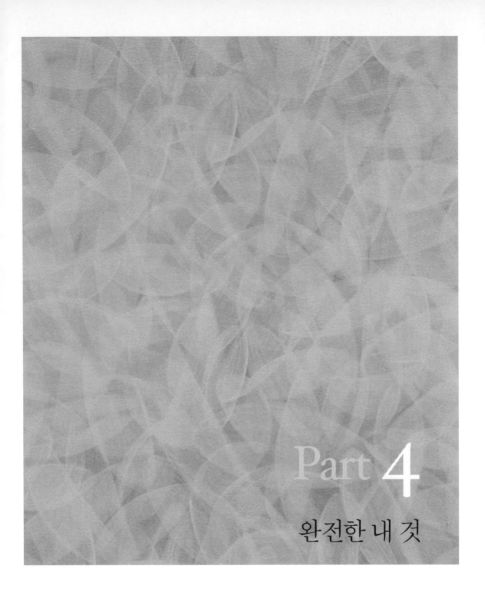

Part 4

완전한 내 것

인간만이

대자연 앞에 인간은
너무나 보잘것없다지만

인간만이 자연을 품고
자연의 신비에 몰입하지.

자연이 베풀어 주는 대로
열심히 거두어들이는 인간사로 하여

자연은 해바라기 성향을 이어가고
인간은 운명을 이야기하지.

완전한 내 것

아무런 거리낌이 없이
벅찬 것이 외로움이더라.

그지없이 자유롭건만
원만하지 못한 까닭인즉

아쉬움에 앞서 무언가를 바라는
순수하지 못한 마음 때문이다.

남을 배려하고 상대를 존중하는 데 따르는 불편이
몸에 밴 일상이라면

빗나갈세라 불안할 바 없다
완전한 내 것인 이상 목숨처럼 여길 일이다.

봄을 즐기는 비

창밖엔 빗소리,
가슴엔 봄의 소리,

서로 멀리 떨어져
서운하기 이를 데 없다.

만나야 하나 말아야 하나
망설이는 마음에는 멍이 들까 본데

비 소리가 강약을 조절하는 시간에
소리 없는 비가 봄을 즐긴다.

얼룩진 어둠은 길목을 넘나들고
발길은 빗길을 맴돌아 저무는 사랑을 적신다.

죽도록 그리운 품속

서도민요가락이 줄거리를 잇는
꼬부랑고갯길을 서성입니다.

살아서 꼭 한 번은 더듬고 싶은
통일밭이 가슴앓이 견디면서.

죽도록 그리운 통일커녕
억장이 무너진 조국은 지금

급소를 노리는 망나니 앞에
재갈을 문 실정입니다.

모진 분단의 고통도 모자라
국내정치풍파 악취가 천지에 진동하니까요.

그런데 왜, 해넘이 하늘 한쪽이 각혈을 하네요.
모르쇠로 일관하는 인사들에 상하다 말고

지레 지친 정의가 진정에 주린 목마름을 못 이겨
사무치는 후회와 함께이기 때문입니다.

타령조 투정

마스크 착용에 넌더리나는 마음은
새벽부터 삶을 고단하게 한다.

외출을 삼가라니 아이들을 어찌 가두나.
살길 찾아 분주한 어른 눈에 가림막을 치는 꼴로
어떻게 열심히 살란 말하나.

언제부터 어쩌다 이 꼴이 되었는지
전에 없던 형편에 고삐 풀린 대책이
미래를 뒤뚱거리게 한다.

말리고 가라앉힐 방법을 찾든지
떨치고 밀어내는 방편을 쓰든지
현장 지휘부 인사들은 답을 찾으라.

타령조로 읊다 번진 오늘의 투정이
심상치 않은 조짐으로 다가온다.

감성과 이성 사이

그 무엇보다 진솔한 것이
감성과 이성 사이
중심에 자리 잡은 고독이더라.

혼자 왔다 혼자 가는 사실 앞에
숨은 진실이 정체를 밝힐 때
그 때 위상을 다듬을 일이다.

오만한 자의 위에
겸손한 사람 아래
겉치레에 열심인 추세를 거슬러

사랑의 가면을 쓴 온갖 것이
열기를 뿜는 가운데
절제를 모르는 변화는 속도를 읽지 못한다.

보이는 것이 전부인 양
감성은 나를 던지라 하고
이성은 나를 가두라 하고

제자리를 자랑하는 별빛을 따르자니
지극히 맑은 물에 고기가 놀지 않는다지만
땅 위에 삶이 결단코 그럴 리 없더라.

합창에 엮인 행복

다들 한 가락 하던 이들이 늙어
소일삼아 모여든 합창단인데

화음은 날로 품격을 높여
어우러지는 긴장이 가히 예술이다.

손박자, 발장단, 골몰한 와중에
선생님은 서툰 이를 용케도 잡아

다음번엔 독창시키겠단 공갈이시다.
공갈에 공감하는 기쁨이라니!

웃다 말고 마주치는 행복에 엮여
학생으로 거듭난 스트레스에 묻혀

기다림조차 새로워지는 기회에 산다,
주어진 시간이 무한정인 것처럼.

모름지기

죽음을 전제로 살아 있는 줄도 모르고
모름지기 사는 일에 급급하여

바르게 살지도, 제대로 죽지도 못할까 보아
고민할 때는 이미 늦었지만

구원의 길로 접어들었음을 알아야 하는데
왜 자꾸만 슬퍼지지?

피치 못할 사정에 매어 살다가
잃어버린 나로 돌아와

둘러보니 아무도, 아무것도 없음을
확인하는 깨달음과 마주해 있음이라

하지만 자기를 책임질 참된 기회임에랴,
삶의 본질에 녹아든 비극이 지극하다.

전쟁기술

동틀 즈음부터 해질 무렵까지
은혜롭게 살라고

빛의 하루가
어둠을 뒷받침하는 무궁한 하늘 아래

지혜롭게 대처하는 모든 생명이
어김없는 삶을 꾸리건만

혼자 살 수 없단 말로 서로 엮인 사람끼리
실속을 챙기느라 본질을 해치는 사회.

순수에서 멀어진 사람들로
사람이 시들어가는 사이

국경에 갇힌 힘의 논리가 전쟁기술을 부추겨
지구인의 진정이 경쟁 속에 놀아난다.

첨단기술치레에 치우쳐
인류를 등지는 구설 속에 날을 지새운다.

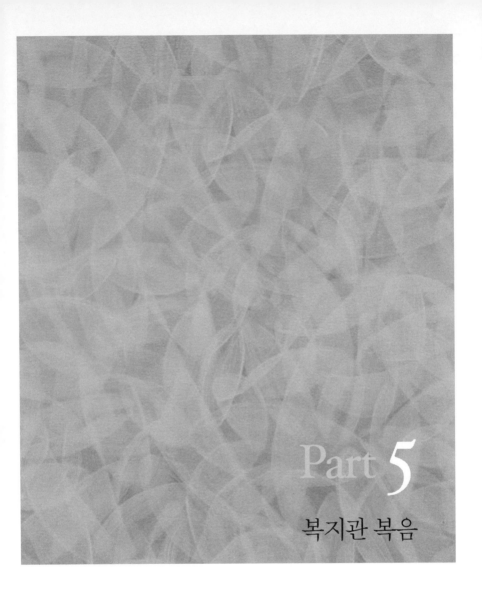

Part 5

복지관 복음

한결같기를

말이 없어도 마음이 맞아
마주 서면 끄떡없는 쌍벽이더니

방향이 바뀌면서 둘로 나뉘어
서로에게 그리운 공간이 되었네.

요란한 갈채 속에 막을 내린들
여운이 무대에선 조명만 하랴.

여백을 채우는 어부지리 기운이
돌아서면 그만인 방심을 닮았다.

사연은 사라져 갈지라도
숙연하게 살아남은 사랑만은 한결같기를.

너와 나를 달리하는 우리

전체주의 속으로 사라지는 인권이
너와 나의 가치를 조작하는 일임을
독재자는 물론 권력에 중독된 자들은 모른 체한다.

물려받은 부나 입지에 있어서도 그러하다.
생존경쟁에 몸 바친 자들의 헤일 수 없는 기회를
획일화 내지 무력화 하는 작업 말이다.

추잡한 정치, 경제 사회행태를 벗어나
순수에 발붙인 소수민족의 원시성을 알기에,
어찌 할 바를 모르는 현대인의 비애를 알기에—

포장된 희생에 따른 노예근성을 가감 없이 받아들이되
너와 나를 달리하는 우리가 너를 너답게 나를 나같이
세우고 키우고 참는 것이리라.

탱고

쿵쾅거리는 가슴을 여미며
꼬이는 발걸음 풀기에 바빠
얼결에 치른 파격을 축으로
둘이 하나 되는 그림 그리기.

조명을 입었다, 벗었다,
넘실거리는 낭만을 꾸짖어
자제력을 발휘하는 배경 색깔에
성깔이 보일 무렵

더는 외로울 겨를이 없는 쌍무지개 뜨고
나이는 나 몰래 마지막 소절 같은 감회에 젖어
관절이 굳은 몸에도
멀쩡한 멋을 지닌 탱고가 좋다.

복지관 복음

구관과 신관이 서로 통해 있는
큰 규모의 시설이 벅차도록
복지관 운영은 원만하다.

말조심 몸조심 마음조심에
시달리지 않아도 될 법한 다양성이
계층간 거리감 사이를 누비니까.

건강을 챙기거나 위로를 찾거나
틈새만남 순간포착이 자유로운 주간
여러 운동 기구들이 특혜를 베푼다.

백세시대가 구호에 그치지 않을까 본데
젊은이들에게 돌아가는 짐이 무거울세라
선심공세를 지켜보는 눈에 근심이 어린다.

극과 극을 치닫는 정치공세에
부익부에 휘둘리는 경제 현실에
복음을 받들기 위한 물음표를 남발하면서.

TV화면과 함께

우주 탐사에 나선 우주인이
그중 외로움이 돋보이는
창백한 별을 가리켜
자기가 떠나온 별, 우리의 지구란다.

초기 지구환경을 닮은 위성이름은
알고 싶은 마음을 아쉽게 하면서
번개처럼 사라지면 그뿐이지만
엄숙한 이야기를 듣는 흥분은
홀씨로 살아남은 이유를 뜨겁게 달구어준다.

세계테마기행에서 지구촌을 뒤지고
글로벌 다큐멘터리로 세계인이 되는
첨단 기술 사회의 영광
자랑스러워라.

황금들판 한복판에서

절기가 한로에 이른 녘에
작심하고 나선 발걸음이
황금들판 한복판에 똬리를 틀었다.

금싸라기처럼 쏟아지는 햇살만이
나의 형상을 온전하게 꾸려주건만
눈이 부셔 가슴으로 받아들인다.

시간도 금이요 침묵도 금인 줄을 알아
확실하게 누린바 된 내력에
내가 스미는 순간이 겹치면서

금빛에 사로잡혀
더는 갈 곳이 없는 나보다
참된 허망이 희망이란다.

주인은 어디에

내가 속한 세상이 형편없이 작다는 걸 알고부터
잃어버린 것들이 기다려진다.

부질없는 애착인 줄 알기도 전에
스스럼없는 기억은 낙서를 일삼고

벽인지 기둥인지 분명치 않은 중심이
홀로서기 의지를 의심한다.

자제하라, 정진하라, 이르는 소리
암암리에 주인공을 혼자이게 하면서.

한반도기

남과 북을 아우르는 한반도기는
분단조국의 통일을 상징하는
아주 특별한 깃발이다.

열강들의 틈새에서 살아남은 애환과
그들의 이해타산에서 찢어진 상처가
아무렇지 않게 지도 모양새로 나타났지만

축제의 한 마당에 등장할 때마다
동포가 하나 되는 기쁨이었고
통일을 염원하는 청신호이었지.

한반도기를 바라보는 세계인의 이목이
이 땅에 사무친 동족상잔의 역사를
헹여 꿰고 있을까.

오늘을 살고 있는 한반도기는
어정쩡한 고비마다 세계를 향해
단합된 우리의 결의를 다졌다.

통일을 맞는 이 땅의 떨림이
역사의 울림이 되는 그날이 오면
우리 설마

통일에 앞장선 한반도기 사랑을
어렴풋이나마 잊을 수 있을까
신천지를 품은 날의 신념 더욱 선명하기를!

사람 사이 헤엄치기

행여 나쁜 기운이 스며들까 봐
분위기 조성에 각별하지만
갈수록 언짢은 시선이 등에 꽂힌다.

오해를 풀자니 풀 것이 없고
닫힌 마음 열자니 막연할 뿐이다.
좋은 마음 두었다 어디에 쓰라고.

아예 격이 틀리는 시샘도 같고
억지가 통하지 않는 헤엄치기 같은 것이
안타까운 세월의 막바지에 놓인다.

정담이 꺼진 자리에 냉담이 차올라
소스라친 기회마저 기력을 잃는다.
노을빛 미련 뒤로 안녕이 구겨진다.

Part 6

아침을 연다

희열을 닮은 희망

강화 노인복지관에서 명곡을 만나
고품격 사랑을 하게 되면서
비포장 길 세월이 잊혀져 간다.

지휘자와 반주자를
빛과 그림자처럼 받들어
한과 흥을 다스리는 세상이 열리니

후미진 곳에 버려진 것들이 보는
겉치레 현장 부끄러워
속속들이 신선한 비단길로 접어든다.

덤으로 주어진 기회가
우연을 가장한 필연인 양
줄곧 희열을 닮은 희망이 보인다.

아침을 연다

호박꽃이 별무늬 함박꽃이 되어 있네,
늙은 줄도 모르고 활짝 웃는 여름날 아침에.

더위 타는 나그네는
날마다 난간에 기대어 아침을 연다.

다른 듯 같은 세상 생명을 기리며
위험을 모르는 시간을 가꾸며―.

담배를 왜 피워

연기 마시고 양심 흐리고
공해 부르고 폐암 불러들이는 담배를 왜 피워.

긴장을 풀어주는 척 심신을 좀먹다 못해
설 자리마저 잃게 하는 담배를 못 끊어.

구차하게 꽁초 버리고
지저분하게 목숨 줄이면서

담배에 빌붙어
가족의 속을 태우는 사람아.

순간산책

산책이 사치인 때로부터
친근한 자연이 더불어 사는 미덕을 흐린다.

걸어가는 길과 타고 가는 길이
차이를 위태롭게 해

두드러지는 조심성에도
잊혀질세라 잃어버릴세라,

아파 오는 생각이
미래를 저민다.

홀로 걷는 길

사방이 울적해서 헤매는 중에
낙을 찾다가 나를 잃었는가.

중심이 잡히지 않아
다음을 내다보는 기대치가 어지럽다.

그새 이럴 수가 없는데, 하면서
넘겨짚는 의심이 근본에 닿아서다.

연륜이 좀먹었다손
홀로 걷는 정신마저 절룩거릴 줄이야.

헐벗은 안녕

꽃도 푸대접을 받는 밤에
비에 젖어 울먹이던 바람이 움츠린다.

하늘만이 아는 확신에 차
맑고 흐린 날들은 예사로 계획에 차질을 빚어도

소중한 사람 사이 인연은
소신 없는 처신에도 헐벗은 정이 때를 만난다.

더는 떨치고 풀어헤칠 짐 없이
배밀이하는 기력에 기대어야 송두리째 온전할 것이므로.

눈에 보이는 아쉬움

열과 성을 다한 그 무엇이
벽창호 같던 마음에 먹혀들었나 보다.

이따금 나타나느니 뉘우침이더니
눈에 보이는 아쉬움이 뒤를 따른다.

드디어 향기 머금어봄 직한데
여유도 기약도 안전장치도 없다.

숙명의 길 언저리 어디쯤에서
망각의 자비에 든 바위같이.

똑같이

꽃이 지닌 향기와
시가 무르익은 향기가 똑같이
아름다움에 대한 기쁨을 전한다.

절로 만들어진 현상과
정성으로 다듬어진 내용이 똑같이
침묵에 대한 깨달음을 담고 있다.

어떤 이별

분가分家가 무슨 이별이라고
손자와 헤어질 날이 거인처럼 다가섰네.

혼자 되기 무서워 뒷걸음치는 하루는
세대 차이에 막힌 말보다 중증인가.

날마다 보다가 달거리 만남조차 없을까 보아
앞이 캄캄한 이것이 혈연의 속성을 드러내니

젊어서 그렇고 늙어서 이렇듯
거뜬한 시간을 나누어 가지네.

Mistletoe Love

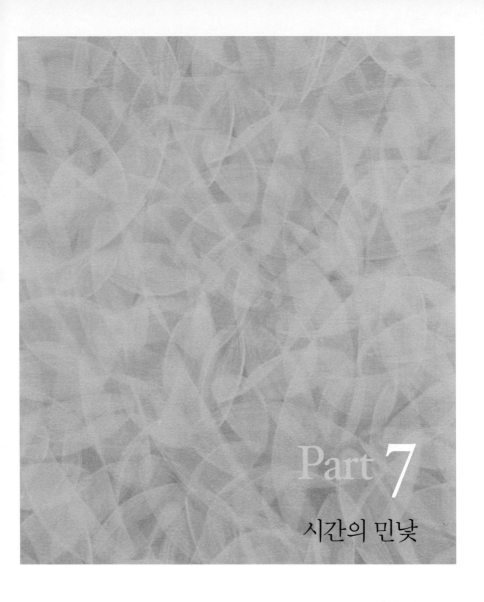

Part 7

시간의 민낯

초록의 사춘기

새잎과 묵은 잎이 명암을 달리하는 오월은
초록의 사춘기를 실감케 한다.

연둣빛이 초록을 넘나드는 때로부터
술렁임이 잦아드는 자리보존 시점까지

계속되는 소신은 자족함에 있어도
몸 붙인 곳에 폐 끼칠 일 없어라.

시간의 민낯

봄나물 같은 여인들이
이듬해를 생각해서
나물은 캐지 않고 뜯는 것이라 했다.

잔뜩 흐린 하늘 아래 영산홍처럼
영롱한 추억의 뿌리보존 정신은
마음의 병도 낫게 하는 시간의 민낯이었다.

나는 왜

나는, 이라고 말하는 사람은
말 없을 때가 제일 좋다지만,

나는 왜, 말 많을 때를 당해
속주름을 풀고 겉도는 허무를 달랠까.

지휘자가 '10월의 어느 멋진 날에' 의 감명을 전하는데
나는 왜 후렴처럼 '히브리 노예들의 합창' 을 그릴까.

반주자가 어쩌다가 건반 위의 손가락 힘을 쓸 때
나는 또 어쩐 일로 '라 쿰파르시타' 에 허기지는 걸까.

엉뚱한 내가 공들인 나의 위신을 좀먹는 무심결에
무엇인가에 굶주려 있던 내가 나를 해결하나 보다.

상생의 본보기

앞뒤 가리지 않고
사람과 나무는 서로를 가꾼다.

계절 따른 계산 따라
보이거나 말거나

꽃을 피우고 열매 맺기까지
밤낮을 가리지 않는 못다 한 이야기다.

어느 쪽이 먼저 힘쓰는지 몰라도
하늘 아래 진정한 상생의 본보기다.

어떤 만남

낮설지만, 서로 편한 사람들이
한 곳에서 한 목소리를 내다 말고
복지관 모임이 마무리 시점에 이르렀다.

꼭 어떻게 하라는 이 없이
스스로 다음 계획을 결정할 일인데
기약할 수 없는 무엇이 있기에 서글퍼지는가.

배움이 보람되고
만남이 소중해도
내일이 불안한 여정이어서다.

방학이란 공백을 가름할 방법이 없어
한 학기를 알차게 한 기억을 기웃거려
익히기를 되풀이하는 수밖에.

설혹, 깨어나지 못할 꿈이 찾아든다 해도
꿈을 흔들어 줄 손길이 없어
해도 달도 가리지 못하는 꿈을 꾸면서.

어찌 하리

초록빛의 속성이
기분 좋게 드러난 창 너머

자제력을 보이는 햇빛 아래
즐거움을 드러내는 바람이 불어

나돌고만 싶은 이 좋은 날에
나들이를 삼가라는 경고문이 뜬다.

우리의 아이들이 노출된 세상은
중국발 황사에 미세먼지 천지다.

대책 없이 짖어대는 공갈 협박에
불감증을 앓고 있는 안보불안에

겉도는 가정의 달 구호에 갇힌 부모
맞바람에 맞선 딸과 타협중이다.

열강들 보기에 어림없는 핵을 위해
망나니 열 받은 적신호를 어찌 하리.

이름 없는 오늘

덤덤하고 늠름한 오늘이
얼마나 차분하고 철저한지

알지 못해서 다행인 편에
우리 모두 엄연히 서 있다.

이름 있는 날은 주된 인물이 지키고
이름 지어진 날은 모두가 덩달아 지키지만

나날을 하루같이 넘기는 오늘이
내일을 미래로 밀고 가는 발판일진대

불거진 사실 앞에 숨은 사연들이
오늘의 위상을 내일의 어버이같이 섬기잔다.

때 늦은 눈물

5.18 광주민주화운동 기념일이
39주기에 이르러서야
비극의 실상이 거의 드러나는 추세다.

동시대인으로 함께하기는커녕
그 실태조차 알지 못하고 어벙하게 살았다니
먼저 부끄럽고 갈수록 통탄스럽다.

미친 공권력에 희생당한 가족과
친지들의 원통한 마음을
어찌 다 헤아릴 수 있으오리까마는

우리의 역사가 살아 있는 한
자손만대 모두가 하나같이
아파하고 아파해야 하리다.

가신 이들을 생각하는 때늦은 눈물이
남은 이들의 양심을 일깨우고
엄숙하게 일러주는 대로

다시는 그런 악몽이 범접하지 못하는
나라 되게 하여 주소서,
피어보지도 못하고 하늘나라에 계신 우리의 젊은이들이여.

일회용 인연

주려 죽을 지경인 그리움과
말쑥한 외로움이 마주쳤다.

이해와 오해 사이 마찰은
일시 공백 현상을 빚는다.

실상에 허술한 말 풀이에 막혀
불거졌다 사라지는 사랑일지라도

양극을 잇는 인연은 엄연하다,
일회용 인연이 허다한 나그네 길에.

Part 8

외톨이사정

녹색 숨결

초록이 힘을 쓰면서
꽃을 잃고 허전한 마음 쓰기 한결 편해졌다.

유랑 악단처럼 마을을 휩쓸고 간
봄꽃 축제 이후

아련한 아픔과도 같은 후유증이
감기처럼 사람 사이를 누볐다.

다 두고 떠나는 나날인 것 같아도
유독 꽃을 탐하는 근본만은 못 속여

그나마 녹색이 짙어지면서
빈틈을 보이지 않는 대지의 숨결은

바위마저 숨 쉬게 하는 철저함으로
번영을 꾀하는 속성을 알린다.

외톨이사정

주어진 틀 안에 변화를 주고자 하나
주변을 거스르지 않을 방법이 없다.

불편을 끼치느니 참는 게 도리인데
일탈의 쾌감이 잊혀진 자리가 황량하다.

혹독한 계절 앞서 안위가 의심스럽지만
그 어디에도 짐을 지켜줄 사람이 없어

오로지 한 길, 음악이 흥겨울 뿐
홀로 무너지는 기분이 까칠하다.

외톨이가 누린 여유를 주름잡으려 하나
서로 다른 사정이 서로의 부담이기에

한 마당에 소가 주인집 닭 보듯
하루를 바라보는 것으로 제몫을 다한다.

탄핵인용 이후

만장일치의 위력이
헌법수호정신을 지키면서
국민의 위상을 돋보이게 했다.

이웃이 얕보고
도둑이 넘보기 전에
통합하고 무장하고 격려할 일이다.

그러했는데
남 말하던 사람들이
제 말에 놀아나는 꼴불견 집단이 되었네.

우리 서로 존중하고 뭉치는 대신
갈등은 집회가 삼키고
애국심은 단말마의 고통을 겪는다.

속으로 한심하고
밖으로 부끄럽고
안팎이 총체적으로 위태로워라.

다툼이 없는 자연경관

하늘의 질서를 담아내기 바쁜 지상의 정원은
다투는 일 없이 더불어 사는 일에 열심이다.

동물은 물러날 때를 알고
식물은 한눈 팔 때를 알아

말이 없음으로 해서 얻어지는 믿음이
하늘 같고 땅 같아서일 것인즉

의무를 따지고 책임을 물어
서로를 바로 세우는 사람은

마땅히 그들로부터 영감을 얻고
분야별 각을 세워 말이 밑천인 지혜에 들지어다.

우수에 반짝이는 추위

아침 햇살이 축복을 내리면서
하루를 잠재우는 어둠을 새삼스런 안식이게 한다.

건성으로 부는 비바람이 싹을 틔우고
눈보라가 내실을 다지더니

우수에 반짝이는 추위가
참을 수 없는 꽃을 피우련다.

알뜰히 열매 맺어 흠 없이 살고자 하는 정신이
차례를 기다리는 우리들의 차지다.

신념을 키우는 통일기

동강난 한반도에 아픔을 잊은
통일기가 나부낀다.

국적을 앞세우는 국제친선무대에
남과 북이 하나 된 색다른 조합이다.

근본은 울어도 만남은 웃어
모름지기 한반도기에 길들여진다.

이 자리를 징검다리 삼아
분단의 상처 아문 미래로 가자.

부끄러운 과거행적은 무덤에 들고
서로 돕는 손길에 최고의 가치를 두고.

결국 헤어질지라도

자연은 삶의 큰 그릇이다,
빛이 곧 웃음이요
비가 그냥 눈물인 채로.

살아서 얼기설기 돌아가는
인간의 육신과 영혼의 결속이
배꼽으로 마감되면서

정을 듬뿍 머금고
뭇 생명을 보듬고
우주를 담아내는 한 통속이다.

순간을 섬기면서
갈 때까지 가는 정신이 무장이다,
언젠가 결국 헤어질지라도.

2016년을 마감하며

2016년은 대형 살상을 노리는 테러의 참상에
지진과 홍수와 질병이 겹치고
숨 쉬는 온갖 것들이 폭염에 허덕인 한 해였다.

그런 와중에도 분야를 가리지 않고
우리의 젊은이들이 땀 흘려 이룩한 명성은
세계인의 부러운 대상이었건만

역대 정치 지도자들이 빚는 국민적 분노는
여론이 감당할 수 없는 수준으로 치달아
국정농단이란 희귀병이 서민정신을 허물었다.

우리의 울분을 밝히는 수단이 촛불시위 되고
통치권의 행방을 찾아 나선 함성이
질서를 지키는 지구촌 감동으로 이어지기까지

'나' 라고 하는 틀을 깨고 마주한 참여의식은
가정의 휴식마저 또 다른 힘에 보탬이 되면서
거덜난 한해나마 끝내 마감일이 다가왔다.

어수선한 틈을 비집고 폭발하는 잠재력처럼
부디 2017년은 활기찬 경제의 해가 되고
또 다른 보수, 개혁소신이 색다른 균형을 이루었으면.

사랑에 서툰 이기심도 화합을 빗겨간 정신도
보이지 않는 바탕에 뿌리내린 생각 하나로
쾌적한 사회의 시민 되기 소원이어라.

밤을 사는 생각

잠 사이 뜬눈의 밤을 사는 생각이
나를 주문하는 일인가 하는데
매번 반성하는 길로 통한다.

후진성에 맞물린 노인성이
밤이 무색한 길을 달려
은신처의 장점을 살릴 즈음

어둠의 벽 너머 나를 보자니
진실을 외면한 옹고집이 외려
상상을 넘나드는 나를 즐긴다.

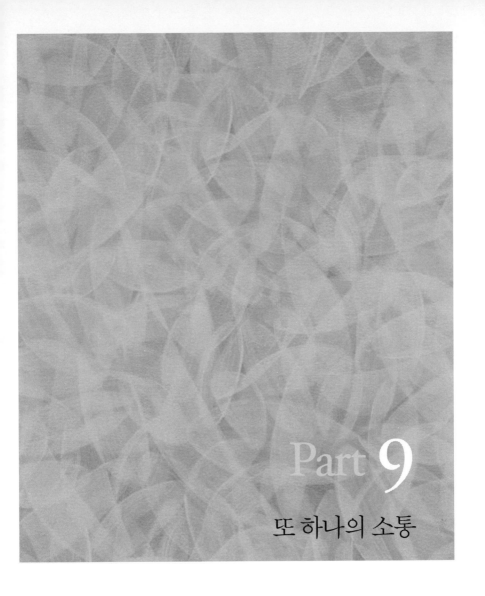

Part 9

또 하나의 소통

합동 팔순잔치 마당

날마다 새롭고 반가운 하루이기에
시간을 벌고자 하는 친구들이 모여

이 한 세상 끝자락에 자리한
팔순잔치 마당을 펼친다.

내 숨은 주름살 같은 세월 넘어
그리움에 취하고 아쉬움에 하나 되어

이 한 마음 다스리는 길에
늠름한 팔순고개 무지개 떴네.

더디고 무딘 발걸음이나마
10대를 숨 쉬는 기억에 사는 우리

이 한 몸의 생애를 축복이라 여겨
남은 날을 아끼는 정성으로 살자 하네.

드문 고집

살아간다는 말이 죽어간다는 뜻과 같다는 사실을 아는 나이에도
굳건히 땅에 발을 붙이고 고귀한 품성에 초점을 두는
스스로의 가치에 의문을 품는다.

나로 말미암은 고독이
아무나 넘볼 수 없는 고도를 달려도
코끝이 찡하도록 그리운 나를 고집하기에.

영원처럼

한계를 운명처럼 삼키는 시간은
그침도 거칠 것도 없는데

시간에 쫓기는 생명들로 하여
새살 돋는 하루가 역사를 살찌운다.

신비한 세상 역할 담당으로
자연이 대우를 받으면서

학문도 열정도 돋보이는 계절도
멈출 수 없는 세월의 약점이 된다.

보존할 길 없는 희망처럼
알 듯 말 듯한 영원처럼.

갸륵한 사이

자연스럽게 태어난 생각이
주변을 다스린다.

절박할수록 파격적인 행보를 보이는
노래가 되고 시가 되었듯

혼자여서 별스럽게
갸륵한 마음들이 선물을 남긴 것이다.

사방이 비어 있어도
외로움은 넘쳐

하늘 향한 숨소리에
아득한 옛날이 흔들린다.

바람 든 대로 바닥을 다지는 중에
시공이 뿌듯한 하루해로부터 조명을 받는가 하니

고집스레 살아온 뒷모습이
고스란히 위안이다.

끊임없는 관심에 둘러싸인 긴장이
허무를 벗긴다. 나를 웃긴다.

발렌시아

25만 그루의 야자수가 멋을 부린
스페인의 도시 발렌시아 사람들은

축제를 위해
한해의 열정을 쏟아 붓는다.

나, 아직은 때가 일러 본심을 겉돌지만
신성한 불로 정화되는 생애의 끝날이 오면

그리움의 화신이 되어 발렌시아 가리라.
열심히 사는 의미가 재미를 주는 곳에서

살풀이, 한풀이 없는 춤을 추고 노래에 곁들여
모두가 하나 되는 멋에 살리라.

권력이란

권력은 기업의 피를 빼는 졸개로부터 힘을 얻고
날로 막강해진 졸개는 권력 위에 군림하는 이변을 낳는다.

꼭두각시 치하에 놓인 줄도 모르고
열성으로 세금을 바치는 시민이

빈혈을 앓는 사이
널리 떨친 기생충 정신이 심판대에 올랐다 한들

잘못된 세력집단이 올바른 판단을 하랴,
대물려 굳힌 오만이 허점을 드러내랴.

부끄러운 사회에 빌붙어 사는 울분이
강을 이룰 뿐.

갸우뚱한 민주주의

별의별 일이 다 있었지만
여성대통령에 의해
이 땅의 민주주의가 쓴웃음 한 번 크게 웃는다.

임기를 채우지도 못할 것 같아
꿍꿍이 속 치세로 인한
나라의 체면이 송두리째 일그러지고 있다.

또 다시 갸우뚱한 민주주의 앞에
처음으로 듣게 된
탄핵이다, 하야다, 란 말 몽둥이 부끄러워.

기억 속 명장면

용돈이 궁한 막둥이가 두 손 벌려 말했다.
"불우이웃을 도웁시다."

처음이 아니어서
웃어넘길 만도 한데

"싱글벙글 이웃에게 또 당하네"
옆에서 보자니 짠돌이 아빠돈이 싱겁게 나갔다.

그 좋던 시절은 어디로 가고
집안이 이렇듯 적막한가.

어우러진 그대로 이어질 줄 알았는데
먼 길 떠나고 멀리들 살아

길어지는 기다림 못지않게
혼자 남은 슬픔이 아픔이어라.

또 하나의 소통

외등이 소리 없이 태어나자
어둠을 잊은 밤이
창을 통해 온갖 그림자를 실어 나른다.

어쩐지 불편한 바퀴소리들이
침실에 갇힌 잠을 다스리고
잠을 잊은 소통이 흡사 먹통이다.

고독사란 단어가 덩치를 불릴 즈음
개 짖는 소리가 이웃을 깨운다.
착한 마음이 통했다는 신호다.

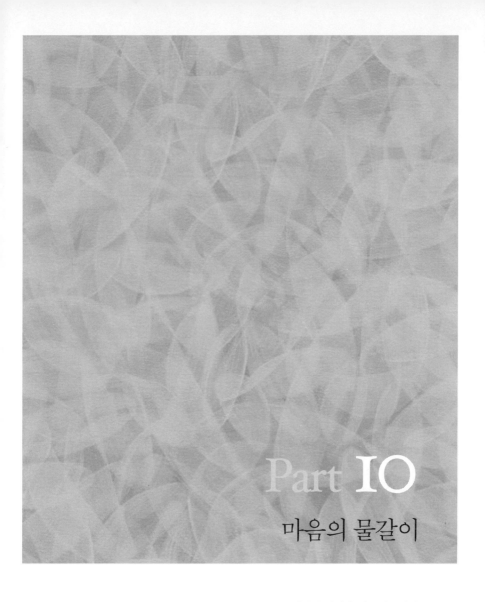

Part 10

마음의 물갈이

사람의 됨됨이

말은 그 사람의 인격이라 하지만
그럴싸한 말도 입장 따라 바뀌는 정치현실이
사람의 됨됨이를 송두리째 찌그러뜨리네.

믿었었는데, 좋아했는데,
낯 뜨거운 의혹에도 낯 두꺼운 말을 앞세워
동강난 민심이 부른 국론분열 조짐이 심각하다.

말잔치에 속아 거덜난 세월
줄줄이 갈가리 엮이고 찢어지니
결말을 보기도 전에 괴수를 점치기에 이른다.

달빛이 되고 별빛이 되어
어둠을 먹고 살지언정
부끄러움조차 부끄럽게 만드는 무리수를 둬?

마음의 물갈이

고요하다
티끌 없이 고요하다.

공기가 숨쉬라 하고
숨소리가 고요에 업혀 가고

아직은 아닌데 어둠이 가슴에 먹혀든다.
생각에 밀린 시간이 마음의 물갈이중이라 하자.

어둠이 떠나간 자리가 포근하다.
감사의 정에 물든 서리 때문이다.

고요가 지나칠 손, 참을성이 모자라는
온실 속 한숨 같을까.

굴러 가든지, 돌고 돌던지

순간에 승패가 갈리는 운동선수에겐
실력보다 운이 앞서는 것 같을 때가 있다.

운은 흡사 보이지 않는 빛과 같아서
행운에 힘을 쏟고 불운을 비껴 있다.

하물며 보호본능 아래 진화하는
생명체의 이치가 오늘에 이르렀음에랴.

굴러 가든지, 돌고 돌던지
운명이 꼬리를 문 국운 앞에

경쟁은 냉전을 부르고 전쟁은 종말을 불러도
허접스런 정치허세끼리 허둥거리는 꼴이란!

저들 농간에 놀아나는 혀끝이 무섭긴 해도
한사코 물려줌 직한 미래를 위해 철통 같으리.

지휘자 되기

복지관 합창단 겨울방학을 앞두고
그동안 묵혀온 노래 부르기 중에

박자감각을 철저히 하느라
선생님은 모두들 지휘를 겸하라신다.

동작이 한손에서 양손으로 발전하자
노인들이 헷갈린다.

다른 이들이 어찌 알랴마는
초등학교 저학년 학예회 때

지휘자로 출연한 경험이 있는 나는
남다른 감회의 요지경 속이다.

추억에 휘둘리며 흔들리는 순간이
저승길에 마주친 옛사랑마냥

팔도 아프고 숨도 가쁘고
땀이 정신건강을 적실 즈음

선생님이 말씀하신 일석오조 수익을
모조리 챙겼었는데

과거에 홀린 기억은
무작정 사치의 극치를 달린다.

2016 리우 올림픽

삼바의 나라 브라질이라면
지구가족 가운데 구성원이 다양해서
세계를 한눈에 본다 하지 않던가.

다채로운 역사가 아롱진 개회식을
끝까지 지켜보는 혼자만의 여유에
연신 새 생명을 불어넣는 한 마디.

잘 하고 돌아오라 우리의 선수여!
가슴 죄인 국민의 힘을 지렛대 삼아
다 함께 살아가는 가치가 분명해지도록.

맛깔스런 변화

중복더위 기세가 잠든 새벽에
입추를 감돌아든 기운이
노쇠한 여름을 후히 웃어넘긴다.

서운한 듯 시원한 시기를 입덧하는 나보다
덩치 큰 변화가 바깥나들이를 불러들인다.

맛깔스런 시기에 맛들인 친구들 더불어
기분풀이 서곡이 만들어지는 순서를 따를 일이다.

굴렁쇠의 흐름은 절로 태어나지 않으니까
한더위에 지친 몸은 변화를 찾고

일상에 시든 정신은 물을 맞는 계곡에서
하늘 한 자락 숨 쉬는 사랑을 생활하기 위해.

궁금증이 신선한 집

빈집이 비집도록 혼자 있으면
혼자라서 애꿎은 일이 나를 차지한다.

부족함을 모르는 거식증에
말의 물꼬가 막힌 트집에

고요는 풍요를 누리고
차분한 대처에 의해

궁금증이 신선한 집안 가득
허기가 넘친다.

위장에는 눈이 없느니
울고 싶은 정인들 온전히 먹혀들까.

능선에 올라

옛날 같았음 산에 있을 사람들이
생애의 능선에 올라 길을 묻는다.

우연이라 하기엔 웃음이 나고
필연이라 하기엔 너무 허술해

야생의 온갖 만남을 두고
번식에 목숨 건 한 때라 여기는가 하면

정신세계를 우러러보는
영혼의 또 다른 열매 맺기인가 한다.

양 갈래 위상 사이에 높낮이가 하도 멀어
힘닿는 대로 중턱을 걸었으되

물안개 피는 호숫가의 새벽을
임종처럼 품은 내가 아직도 낯설다.

고독이 심각하다

독거노인의 고독사가 논의되는 마당에
마련된 의자는 빈자리가 없다.

해도, 고독은 유독 약자에게 강하다.
헐벗지 않아도, 허기지지 않았어도.

늙은 날의 고독이 거창하단 짐작대로
대중 속에 고독이 통틀어 울창하다.

사랑은 사치이지만
그림자 구성만으로도

구차한 처지는 면할 만한데
거동이 불편한 말년에 이르러

상실감에 배부른 고독은 죽음을 부른다.
고독이 근엄하다손 목숨에 버금갈까.

추위를 견디는 인내심이면
능히 맞설 만하리다.

Part **II**

갈무리인생

갈무리인생

살아 있음으로 해서 얻어지는 것에 대해
아무런 의심이 없었는데

죽은 사람이 남긴 물건으로 해서
만연한 죽음을 감지한다.

허락된 삶에 대해,
언젠가의 죽음에 대해

갈무리정신을 가다듬자
의심이 늘고 안심이 줄어

한 풀 꺾인 길이 보인다.
내용이 이색진 만큼 겉모습이 초연한 사연 더불어.

혼잣말

메뚜기 한 철 살듯이
열심히 살아서

웃음 머금고 가려 해도
매듭짓지 못할세라 글 농사가 걱정이다.

고인 물처럼 편한 노릇이야 있으련마는
누구의 눈치를 볼 만큼 나약하지 않은데

세상 따로 도는 마음 속속들이 허약하다.
갈수록 멀어져가는 무리로부터 밀려나면서

조심스러워지는 자기관리에 비해
나이와 소통하는 혼잣말이 훨씬 더 아리다.

정치이야기

정치적인 기싸움 말폭탄이 무색하게
잔뜩 찌푸린 하늘이 한반도에 걸렸다.

부끄러운 줄 모르는 패거리들이
발뺌공작에 숨을 몰아쉬는 정치이야기에

정의가 죽어 나가고 진실이 그 뒤를 잇더니
무식한 민중이 모조리 위장병을 앓는다.

황사와 미세먼지가 세력 확장중이라지만
귀 먼저 막고 입 막아 목숨 보존해야겠다.

정치판이 개판인데 국방인들 제 정신일까
적이 좀먹은 국토가 포문을 열어놓았다지 않는가.

진보와 보수가 갈라진 틈에
국운이 운다.

하룻강아지 범 무서운 줄 모르는 덕에
황망한 통일이 오려나.

바탕

빛이 바탕을 어루만진다.
색이 돋보인다.

자연이라는 이름에 걸맞게
천진스런 모습에 둘러싸여

빛을 꾸리는 꽃을 보아도 사람은 상심한다.
씨앗 걱정은 그런 것이라.

으뜸영양소

보듬고 다듬은 외로움이
모난 속성을 버리자

그에 힘입은 사람이
그보다 우아할 수가 없다.

낙을 좇지 않아도
밝은 일상에 길들여지니

초연하고 의연한 성품이
타의 추종을 용납치 않아

오랜 숙성과정을 통해
인성에 녹아든 가치가

외로움으로 하여금
은은한 멋의 으뜸영양소이게 한다.

굴레길 수레

그는 가고
눈물만 남아
일그러지지 않는 흔적이 없다.

두 바퀴 몸통이 여지없이 기울어
굴레길이 그리운 수레 되었네,
아픔마저 아름다운 상처를 안은 채.

절반의 자살

죽음이 익숙한 나이는 안다.
무엇이 사랑이고 미움인지를.

몽땅 의미 없음을 아는 때로부터
절반의 자살은 시작된다.

말이 만든 무덤이 마음인가 하여
마음 비우기가 나를 버리기이기에.

말없는 소통

외등이 외로운 밤에 바람이 불어
세상과의 소통이 이루어진다.

알맞은 크기의 나무 옆에서
허술한 숨을 쉬는 외등은
착실한 이웃과 밤을 함께 한다.

습관처럼 서로의 안전을 살피다가
사랑의 똬리를 틀기에 이르렀다.

그 어디에 있어도 밤낮을 번갈아 사는 외등을 믿고
빛의 애착이 두려움을 쫓는 이치를 알자
말없는 소통이 어찌 그리 굳건한지

너 없으면 안 돼, 라는 소리의 파장이
창을 넘는다.

바람 불 일 없어도

받들어주는 사람 없어도
꽃은 피고 또 피고

글은 쓰여
잊혀지지 않는 향기를 전한다.

바람 불 일 없어도
가슴을 여미는 외길 신념 역시

남이 알세라, 누가 볼세라
고개 숙여 있다.

Mistletoe Love

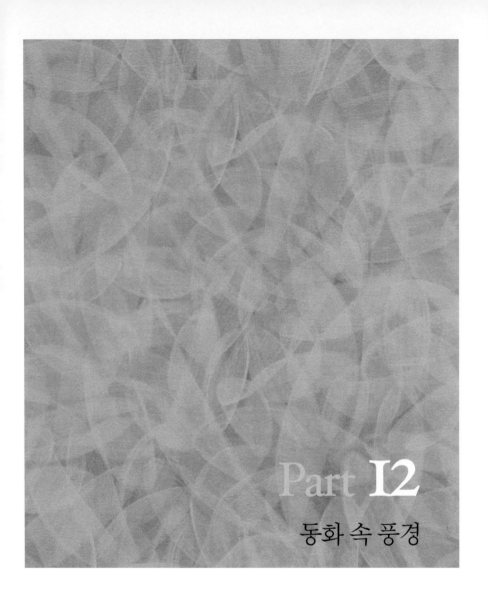

Part 12

동화 속 풍경

그리움이 깊어

비바람에 시달리고 깎인 채로
기기묘묘한 바위산같이

구구절절 애끊는 사연 따라
되짚는 그리움이 깊어진다.

대물림 정신이
기대와 보답이라는 고리로 이어지는 한

무성한 말이 절실한 울타리 된 정신은
자손만대 저무는 일 없으리다.

폭력도 권력을 닮았더냐

비정규직 피를 빠는 거머리 떼가
노동계에 독성을 퍼뜨린 결과
남 잘 되는 꼴이 싫은 동조자들이
기껏 이루어놓은 공적을 해친다.

소수가 다수를 능멸하는 횡포에
경제가 왜 경련을 일으키는지,
주눅이 든 정치권 또한
납세에 충실한 국민을 어지럽힌다.

행정에 공백이 생기고
교육에 차질을 빚고
우리더러 어떡하라고 거리질서를 마비시켜
폭력을 권력인 양 휘두르는가.

법은 악용하기 위해 있고
선거는 부정을 일삼는지 몰라도
우리는 유일한 분단국의 어려움을 딛고
우수한 인재를 안고 있다, 고개 숙여라.

경계 너머 꿈

인정처럼 스미는 불의 고마움이나
추위처럼 파고드는 물의 근심 경계 너머
의욕에 불타나는 사람의 광장에
광활한 꿈을 보았지.

세상만사 더는 무게 중심에 있지 않고
시간이 흐르다가
생명의 눈이 된 과학의 말을 믿어
늠름한 정보사회 소속이 되었지.

중국발 스모그가 못마땅해
달을 닮은 해를 맞아
허공을 휘젓는 손이
인연의 끄나풀을 찾는 시늉이어라.

시대의 목소리

녹슬지 않고
삐걱거리지 않게
기계에 임하는 윤활유처럼

재앙의 못을 뽑고도
절박하지 않게
책임에 임하는 지킴이는 없을까.

질서가 죽어야 우리가 산다는
시위세력 역겨워
불편하고 불안하고 불쾌하다.

공권력에 투입된 젊은이는 남의 자식
폭력행사 일꾼은 소중한 니 자식
반체제 몰염치에 민심이 병든다.

큰 틀에 산다

11월 마지막 주말을 기해
서울광장 트리가 점등되니

집안에 있어도
계절 인사를 맞절하는 기분이다.

서산에 오르고 싶어 안달하던 마음도
밤 한강 불빛에 녹아들던 몸살도

추위에 시들고 테두리에 갇혀
바야흐로 내공에 힘쓰는 시기다.

누가 앓고 누가 싸우든
끄떡없는 큰 틀에 우리가 산다.

그래서 사람은 가도
사람 사는 사회에 흠집은 없다.

하늘소 가족 이야기

유리창이 열렸다 닫혔다 하는 사이
망창 너머 하늘소 한 마리가 붙어 있었다.

드문 일이지만 매미도 그럴 때가 있었기에
무심히 넘겼다.

며칠 뒤 움쩍 않고 그 자리에 있는
그 놈이 이상했다.

쓸데없는 의심이 일었지만
하늘소 사정이 따로 있을 것이었다.

또 하루가 지난 뒤
거기 두 마리가 붙어 있었다.

사랑의 보금자리인 줄 알고
방해되지 않게 창을 닫아 주었다.

다음날인가, 그 다음 언제쯤인가,
새끼 하늘소가 나타났다.

자세히 알고 보니
망창 안쪽과 바깥쪽에 나뉘어 애타는 가족이었다.

한 마리는 바닥에 또 한 마리는 귀퉁이에
다른 한 마리는 새끼 가까이.

마음이 이상했다.
미물이 따로 없는 것이었다.

조심해서 망창을 열어도 새끼만 세차게 날아갈 뿐
남은 가족은 내 손을 거쳐 그 곳을 벗어났다.

살생, 살상 전선에
모르고 저지른 죄가 하늘에 이른다.

따뜻한 돌맛

맥반석 돌침대에 누워
따뜻한 돌과 살이 닿은 후
굳은 마디를 풀어주는 돌맛을 알고

딱딱함을 잊는 따뜻함과 통하니
온돌방 온기 같은 옛날이 다가와
젊은 날을 장날처럼 가꾸어준다.

피곤한 몸을 여기서 풀라는데
더워서 싫다는 젊은이를 보면서
엇박자 속에 나이를 잃기까지.

동화 속 풍경

사랑이 인간의 허물을 벗고
이슬 먹은 풀잎 사정으로 머물 때 같은

동화 속 풍경이
꿈이 아닌 현실로 하나가 됨 직해서

걷고 또 걷노라니
같은 곳을 오가는 길이 네게로 통한다.

환상을 가진 만남이 떠오른 하늘 가까이
홍조 띤 미련이 끝내 흐뭇한 경지에 이르누나.

영혼수업

때마침 하늬바람이 불어
장난끼가 발동한 눈이 내렸다.

끼가 끼를 알아보고 말을 건넸다.
"몰밀어 죽음 준비중이오니 물어보리다.
죽음의 의미는 무엇이당가?"

"죽으면 그만이지 무슨 의미씩이나."
"재가 되어질 몸 말고 마음이 머무는 영혼 말이오."

"아무런 미련 없어. 바람 같은 거이넌, 바람만 못한 것이겠지."
"어매, 이러콤 무책임한 당신이당가?
어디에 무엇이 되어도 그만이당가?"

살아서는 말이오.
영육이 싫건 좋건 굳세게 참았지요.
죽어서는 막연한 자유가 주어지오.

─모르는 게 약이요, 낙이 되리다.
숨 쉬는 낙원이 내 안에 있으면

숨이 끝난 낙원은 밖에 있으리다.

웃음 반, 울음 반, 절반의 목소리가
독백의 여운을 아프게 하고 있다.

이현정 시집

겨우살이 사랑

•

지은이 / 이현정
발행인 / 김영란
발행처 / **한누리미디어**
디자인 / 지선숙

08303, 서울시 구로구 구로중앙로18길 40, 2층(구로동)
전화 / (02)379-4514, 379-4519
Fax / (02)379-4516
E-mail/hannury2003@hanmail.net

신고번호 / 제 25100-2016-000025호
신고연월일 / 2016. 4. 11
등록일 / 1993. 11. 4

•

초판발행일 / 2019년 12월 30일

•

•

값 12,000원

•

ISBN 978-89-7969-812-1 03810